世界经典童话小说书系

U0675844

兔子的手段

著者／查尔斯·金斯莱 等　编译／王山 等

吉林出版集团股份有限公司 | 全国百佳图书出版单位

图书在版编目（CIP）数据

兔子的手段／（英）查尔斯·金斯莱等著；王山等编译.--
长春：吉林出版集团股份有限公司，2016.12
（世界经典童话小说书系）
ISBN 978-7-5581-2127-2

Ⅰ.①兔… Ⅱ.①查… ②王… Ⅲ.①儿童故事 – 作
品集 – 世界 Ⅳ.①I18

中国版本图书馆CIP数据核字（2017）第065101号

兔子的手段

TUZI DE SHOUDUAN

著　　者	查尔斯·金斯莱 等	
译　　者	王　山 等	
责任编辑	关锡汉	
封面设计	张　娜	
开　　本	16	
字　　数	50千字	
印　　张	8	
定　　价	18.00元	
版　　次	2017年8月　第1版	
印　　次	2020年10月　第4次印刷	
印　　刷	三河市嵩川印刷有限公司	
出　　版	吉林出版集团股份有限公司	
发　　行	吉林出版集团股份有限公司	
地　　址	长春市绿园区泰来街1825号	
电　　话	总编办：0431-88029858	
	发行部：0431-88029836	
邮　　编	130011	
书　　号	ISBN 978-7-5581-2127-2	

版权所有　翻印必究

前言

QIANYAN

　　儿童自然单纯，本性无邪，爱默生说："儿童是永恒的弥赛亚，他降临到堕落的人间，就是为了引导人们返回天堂。"人们总是期待着保留这份童真，这份无邪本性。

　　每一个儿童都充满着求知的欲望，对于各种新奇的事物，都有着一种强烈的好奇心，这样在成长的过程中就不可避免地被好的或坏的事物所影响。教育的问题总是让每个父母伤透了脑筋，生怕孩子们早早地磨灭了童真，泯灭了感知美好事物的天性。童话很好地解决了这个问题，让儿童始终心存美好。

　　徜徉在童话的森林，沿着崎岖的小径一路向前，便会发现王子、公主、小裁缝、呆小子、灰姑娘就在我们身边，怪物、隐身帽、魔法鞋、沙精随时会让我们大吃一惊。展开想象的翅膀，心游万仞，永无岛上定然满是欢乐与自由，小家伙们随心所欲地演绎着自己的传奇。或有稚童捧着双颊，遥望星空，神游天外，幻想着未知的世界，编织着美丽的梦想。那双渴望的眸子，眨呀眨的，明亮异常，即使群星都暗淡了，它也仍会闪烁不停。

童心总是相通的，一篇童话，便会开启一扇心灵之窗，透过这扇窗，让稚童得以窥探森林深处的秘密。每一篇童话都会有意无意地激发稚童的想象力和感知力，让他们在那里深刻地体验潜藏其中的幸福感、喜悦感和安全感，并且让这种体验长久地驻留在孩子的内心，滋养孩子的心灵。愿这套《世界经典童话小说书系》对儿童健康成长能起到一点儿助益，这样也算是不违出版此书的初心了。

编者

2017 年 3 月 21 日

目录

MULU

羚羊才是罪魁祸首

　　从前有一位叫哥索的老师，同学们都很喜欢他。

　　哥索老师每天都在一棵大树下讲课。这棵大树有个奇怪的名字，叫猴面包树。茂密的枝叶既能遮风挡雨，又能遮阴避阳，而且枝头挂满了果实。

　　一天，哥索老师正在给同学们上课，一只羚羊爬到树上，想偷吃果子，不小心碰掉一个，正好砸在哥索老师的头上。

　　老师被砸伤，同学们很伤心，也很奇怪，果子为什么会无缘无故掉下来呢？

"我们一定要查清楚，这到底是怎么回事儿？"一个同学说。

大家一致赞同，可是没有一点儿线索，怎么查呢？

"我分析，今天一直在刮风，一定是风吹落了果子，我们去找风问问。"另一个同学建议道。

同学们都觉得有道理，便决定去找风问个明白。很快，他们找到了风，把风痛打了一顿。

"我做错了什么，你们为什么无缘无故地打我？"风觉得很委屈。

"我们打你，是因为你把猴面包树的果实吹落了，把我们老师的头砸伤了，你说你该不该打？"同学们理直气壮。

"太冤枉了，都怪那堵墙，如果它能挡住我，我能吹到那棵树吗，吹不到树，果子也就落不下来。你们应该去找墙算账。"风说出了理由。

同学们觉得风的话很有道理，便决定去找墙理论。

他们来到墙的跟前，不由分说，上去就是一顿拳打脚踢。

"我做错什么了，你们凭什么打我?"墙大声嚷嚷道。

"你为什么不挡住风，让它吹落了果子，把哥索老师砸伤了。你说你该不该打?"一个同学神情激动地说。

"我可冤枉死了，这都怪老鼠，要不是它把我挖得千疮百孔，风根本就吹不过去。你们该去找它算账。"墙说出了自己的道理。

同学们觉得墙说得也有道理，便一起去找老鼠了。

老鼠的洞很多，跑得又快。同学们找了半天，才找到它。不管三七二十一，同学们劈头盖脸就是一顿乱打，打得老鼠连连求饶。

"求求你们别再打了，打死我，我都不知道是因为什么。告诉我，我到底做错了什么，我改还不行吗?"老鼠哀求道。

"你这个坏蛋，在墙上挖了很多洞，让墙挡不住风，树上的果子被吹落，砸伤了我们的老师，难道你不该打吗?"

同学们大声质问老鼠。

"那要怪猫，如果它把我吃掉，我还能去挖洞吗。你们去找猫算账吧。"老鼠说出自己的见解。

同学们想了想又去找猫。

猫正在睡觉，同学们的脚步声将它从睡梦中惊醒。

"你们好，需要我帮忙吗?"猫很客气。

同学们觉得又好气又好笑，都死到临头了，还在装糊涂，一个同学上去就是两巴掌。

"我睡得好好的，做错什么了，还有没有王法啦，怎么可以乱打我?"猫一脸疑惑。

"别装了，你不去抓老鼠，老鼠就在墙上挖洞，风从墙洞吹过，吹落了果子，砸伤了哥索老师，你不该负责吗?"同学们质问道。

"噢，原来是这么回事儿啊。这可不能怪我，要不是绳子捆住我，难道我会犯这样的过失吗?"猫反驳道。

经过商量，同学们决定去找绳子算账。

同学们找到绳子，一顿暴打。

"同学们，得讲理呀，你们打我，总得给我个理由吧！"绳子被打得莫名其妙。

"那我们就告诉你，让你死个明白。因为你捆住猫，猫没去捉老鼠，老鼠在墙上挖洞，风从墙洞吹过，吹落了果子，砸伤了我们的老师。我们今天就是来找你算账的！"同学们义愤填膺。

"这么大的罪过算在我头上，我可不服。刀子如果割断我，我会犯这么大的过失吗？你们还是去找它算账吧。"绳子把责任推得一干二净。

同学们找到刀子，不敢用手打，就找来一根铁棍，一顿乱打，打掉了它好几颗牙齿。

"你们打我，我不跟你们计较，但要赔我的牙齿。我做错什么啦，你们这样打我？"刀子十分气愤。

"你不割断绳子，绳子捆住猫，猫不吃掉老鼠，老鼠在墙上挖洞，风从墙洞吹过，吹落了果子，结果砸伤了哥索老师。你不该打吗?"同学们振振有词。

"如果火把我熔化,难道我会有错儿?"刀子极力开脱罪责。

同学们来到火的跟前,把它团团围住。

"你这个坏蛋,知不知道犯了什么错儿?"同学们大声问道。

"我没做什么坏事儿啊,即使做了坏事儿,也轮不到你

们处理吧。"火不以为然地说。

"别废话，你不熔化刀子，刀子不割断绳子，绳子捆住猫，猫不吃掉老鼠，老鼠在墙上挖洞，风就从洞中吹过，把果子吹下来，砸伤了哥索老师。你还有什么话说?"同学们讲述着事情的经过。

"这事儿哪能怨我啊。你们想想，如果水把我浇灭，难道我会犯错吗?"火也说出了它的道理。

同学们没有办法，又去找水。

看见水，他们一拥而上，连踢带打，打得水摸不着头脑。

"亲爱的同学们，你们是不是太武断了，我又没做什么坏事儿，无缘无故打我干什么?"水哭着说。

"你不去浇灭火，火不去融化刀子，刀子不割断绳子，绳子捆住猫，猫不吃掉老鼠，老鼠就在墙上挖了洞，风从洞中吹过，吹落了果子，才把哥索老师砸伤。今天，我们就是来惩罚你的。"同学们气愤地说。

"请等一等，这都怪那头公牛，如果它喝掉我，我还能犯错吗？"水急忙解释道。

同学们又去找公牛，不由分说，上去就是一顿乱棒。

"怎么啦，我做错了什么，这样没命地打我？"公牛被激怒了，大声吼道。

"你大错特错了。你不喝水，水不去灭火，火不去融化刀子，刀子不割断绳子，绳子捆住猫，猫不吃掉老鼠，老鼠在墙上挖了洞，风从墙洞中吹过，吹掉了果子，便砸伤了哥索老师。你就是凶手，还狡辩什么？"同学们义愤填膺。

这应该怪虱子，假如它咬住我，我还会犯这样的错吗？"公牛不服气地说。

虱子很不好找，因为它太小了，就算找到了，也打不着它。只好动用了放大镜。

"我招惹谁了，你们这样欺负我？"虱子一脸不服气的神情。

"你不咬住公牛，公牛不喝掉水，水不浇灭火，火不熔化刀子，刀子不割断绳子，绳子捆住猫，猫不吃掉老鼠，老鼠就乘机在墙上挖洞，导致风就从洞中吹过，吹落了果子，砸伤了哥索老师。这都是你的错，所以我们才来找你算账。"同学们喊声一片。

"我是在羚羊身上长大的，如果羚羊不把我养大，我会犯这样的错吗？你们去找羚羊算账吧。"虱子将自己的罪名洗刷得干干净净。

同学们马上找到羚羊，又是一顿痛打。羚羊莫名其妙，非常生气。

"再不住手我就要去报警了，你们凭什么打我?"羚羊威胁道。

"你为什么把身上的虱子养大？虱子不咬住公牛，公牛不喝掉水，水不灭火，火不熔化刀子，刀子不割断绳子，绳子捆住猫，猫不吃掉老鼠，老鼠在墙上挖洞，导致风从洞中吹过，吹落了果子，砸伤了哥索老师。这一切都是你造成的，所以你才是罪魁祸首，我们要将你游街示众。"同学们终于找到了元凶。

羚羊听了，半天没吱声，只是叹了口气。

同学们见羚羊默不作声，认定它就是元凶。其实，砸伤哥索老师的果子正是它碰下来的。

"哥索老师对我们这么好，但却被砸伤了，既然现在证据确凿，还等什么，快捆上它！"一个同学提议道。

"把它捆起来，游街示众！"同学们齐声高喊。

于是，大家扳腿的扳腿，按头的按头，不一会儿，就把羚羊捆了起来，拉到街上。

兔子的手段

　　很久以前，一头狮子肚子饿了，就去森林捕猎。狮子很快便发现了一群水牛。它们正一边吃草，一边朝着自己的方向走来。

　　"哈哈！每天出来找食都挺费劲，今天可真幸运！杀死一头水牛，就够我吃好几天了！"狮子高兴极了。

　　狮子悄悄隐藏在树丛里。傻乎乎的水牛一点儿也没意识到危险，仍在边吃草边往前走。

　　见水牛走近了，狮子一声怒吼，猛地跃出树丛，扑倒了一头离自己最近的水牛。经过一场恶战，狮子胜利了。但它也付出了代价，一只前爪被水牛弄伤了。

狮子杀死了水牛，自己也累坏了，趴在地上得意地欣赏着静静躺着的水牛。突然，它又担心起来，因为鬣狗、老虎，或者其他的狮子一定会来抢食的。

"不行，我得把它拖到树荫里，吃饱后赶快藏起来。"狮子想。

于是，狮子忍着伤痛，咬紧牙关，把水牛连拖带拽，弄到了一棵大树下。这时，它已经累得筋疲力尽了。

说来也巧，一只从远处来的兔子，正好在树林里散步。看见狮子，它立刻惊呆了。

世界上竟有这样的庞然大物，不用说，它一定非常了不起！

"亲爱的大王，早晨好。"兔子小心翼翼地来到狮子面前，敬了个礼，笑呵呵地说。

狮子懒洋洋地抬起头，目光转了一圈儿，才发现蹲在草丛里的兔子。

"哦，我的孩子，我的情况有些不妙，身体出了点儿小毛病。"狮子摇着头对兔子说。

"您是……"兔子蹦了几下，离狮子更近了。

"小家伙儿，看见这头水牛了吗？它是我刚刚杀死的。"狮子自豪地说。

"哦，是这样啊。请问，你需要我帮忙吗？"兔子问道。

"当然。你剥掉水牛的皮，去河里把肉洗净，留着我以后吃。然后你再生堆火，把水牛的心、肝和腰子烤熟。我都好几天没吃东西了，肚子饿得瘪瘪的！"狮子急切地说。

兔子按照狮子的要求，把心、肝和腰子烤熟了，发出阵阵诱人的香味。兔子馋得口水直流，决定先品尝一下。真是太香啦！兔子吃了一口又一口，很快就把心、肝和腰子都吃光了。最后，它不得不给狮子烤了一块肥肉送去。

"小兔子，我让你烤的东西呢？"狮子带着责备的语气问。

"心、肝和腰子都烤焦了，只好请你吃肉了。"兔子低下

13

头，装出难为情的样子。

狮子看着兔子油腻腻的嘴巴，知道是被它偷吃了，刚想要发怒，又想到自己身上有伤，便忍住了。

"吃肉就吃肉吧。"狮子接过肉，狼吞虎咽地吃起来，把肚子撑得滚圆，拍了拍肚子，接过兔子烧好的水，咕噜咕噜喝了半盆，然后抹了抹嘴巴，对兔子说了声谢谢。

"大王，如果没事的话，我可以走了吗?"兔子问道。

"这可不行，你还不能走。在我的伤好之前，还要请你帮我生火做饭、烧开水呢!"狮子说道。

"狮子不让走，我还真不敢走。如果得罪了它，下场一定很惨。不如先答应它，等它的爪子好了再说。"兔子眼珠一转，心中暗想。

"亲爱的大王，我答应做您的仆人，再说，现在您身上有伤，我怎么能把您丢下不管呢?"兔子摇着耳朵说道。

时间过得很快，一晃儿几天过去了。

一天，一只鬣狗闯进了狮子居住的这片丛林。它转来转去，迷了路，稀里糊涂地来到了离狮子家不远的地方。看到狮子家的旁边堆着很多骨头，它馋坏了，口水直流。但鬣狗知道，狮子可不是好惹的，自己远不是它的对手。但它又不想放弃这难得的美味，便在树林里转来转去。

看见鬣狗，兔子立刻跑过来，问它为什么到这里来。

"听说亲爱的狮子大王生病了，我是特意来探望它的。"鬣狗假惺惺地说道。

"请等一下，我这就去告诉狮子。"兔子知道鬣狗不是什么好东西，但却不敢得罪它。

兔子跑到狮子面前，说一只鬣狗来看望它。

狮子很高兴，瘸着一条腿往外走。

狮子热情地招呼鬣狗，让它坐在草地上。

"兔子，快去给鬣狗先生准备吃的。"狮子吩咐道。

兔子把零散的骨头收集到一起，又加了一点儿肉，端了上来。

鬣狗一看到骨头，眼睛里立刻放射出兴奋的光芒，连谢谢都来不及说，就大吃大嚼起来，直到撑得一点儿都咽不下去了，才停下来。鬣狗抹了抹嘴巴，又喝些水，这才拍着肚子和狮子告别。

"亲爱的大王，非常感谢您的盛情款待，我还会来看望您的。"鬣狗虚伪地说道。

"狮子的一切都是兔子在安排。如果我能像兔子一样住在狮子家，那么这些骨头就都归我了。我得好好想一想，怎样才能把兔子挤走。"从狮子家出来，鬣狗一路上都在想。

过了几天，鬣狗又来了。

"我可以进来吗？"鬣狗站在门前假装礼貌地问。

"是谁啊？"兔子应声问道。

"是我，鬣狗先生，我是来看望病人的。尊敬的大王，您的爪子好些了吗？"鬣狗假惺惺地问。

"好些了。"狮子回答说，然后吩咐兔子去准备吃的。

兔子很听话，和上次一样，给它们准备了不同的食物。

面对很多的骨头，鬣狗吃得很高兴。

兔子知道鬣狗肯定要喝水，便去打水了。

"鬣狗先生，你知道哪儿有治伤的药吗？"狮子和鬣狗聊了起来。

"兔子没给你看吗？"鬣狗假装吃惊地问。

"没有啊，它还会治伤？"狮子疑惑地问。

"怎么会这样呢？兔子可是这里赫赫有名的医生！"鬣狗摇头晃脑地说。

"这家伙，在我这儿住了这么多天，就是不提给我治伤的事，唉！"狮子深深叹了一口气。

鬣狗还想再说点儿什么，但看见兔子打水回来了，便闭上了嘴。

兔子把水倒进锅里，又去了河边。看见兔子走远了，鬣狗又开始说兔子的坏话，说它不够意思，跟着这么好的大王，居然不为它治伤。

"兔子，过来！"狮子越听越生气，见兔子又拎着水回来，便大叫道。

"大王，我听着呢，请问有什么事儿吗？"兔子问道。

"鬣狗先生刚才对我说，你很会配制治伤的药，可你跟了我这么多天，为什么不给我配药？你说，这到底是为什么？难道是我对你不够好吗？"狮子大声质问道。

听了狮子的训斥，兔子心里一惊。狮子为什么要这样问自己呢？我哪儿会配什么药啊？鬣狗为什么这么说呢？兔子一边想着如何回答狮子的话，一边偷偷观察鬣狗的表情。看到鬣狗一副幸灾乐祸的样子，兔子立刻明白了，一定是这个可恶的东西在搬弄是非!

兔子心里立刻有了主意,坏东西,不给你点儿厉害看看,你是不会老实的!

"兔子,你为什么不说话呀?"见兔子不出声,狮子以为是被自己说中了,又催问道。

"大王,事情是这样的。不瞒您说,我确实会配制这种药,但是材料实在太难找了,所以才一直没对您说。"兔子后退了一步,面带难色地对狮子说。

"什么东西那么难找啊,我是草原上的大王,还有我找不到的东西吗?你说吧,需要什么,本大王去弄,我现在只希望早一天治好伤。"狮子昂头说道。

"是的,亲爱的大王,您想要什么,就一定会得到。是这样的,我记得父母曾告诉我,治疗您这样的伤,最好的药就是鬣狗背上的皮,只要把它贴上,伤口很快就会好起来。"兔子回答说,然后笑眯眯地看了一眼鬣狗。

听了兔子的话,狮子怒吼一声,向鬣狗扑去。鬣狗正在扬扬得意，没想到聪明的兔子会来这么一手，刚想逃走，却已经晚了。它被狮子紧紧按住，然后就觉得背上一阵剧痛，可是又打不过狮子，只好自认倒霉，号叫着跑了。

"我还以为是什么难找的东西呢，给你，赶快为我治伤吧。"狮子吐出嘴里的皮，满不在乎地说。

兔子找来剪刀，整齐地剪下一块皮，小心翼翼地贴到狮子的伤口上。

过了几天，狮子的爪子真的痊愈了。为此，狮子相信，兔子确实是个了不起的医生。

兔子用自己的聪明才智，不仅为狮子治好了伤，还教训了企图伤害自己的鬣狗。而鬣狗呢，本想害兔子，没想到却害了自己。

据说，如果去草原上仔细观察，就会发现鬣狗背上的毛很长，那是被狮子咬伤后，毛从伤疤上长出来的原故。

有一天，兔子饿了，就跑到森林里去找吃的。兔子跑啊跑，忽然发现路边有一棵又高又大的猴面包树，而且树梢上还挂着一个很大的蜂房，看样子很重。兔子知道，现在正是蜜蜂们采蜜的季节，蜂房里肯定有很多蜂蜜。

兔子高兴极了，如果能美美地吃上一顿蜂蜜，那真是再好不过了。但是，它刚想爬上树，又想，不行，我还有那么多朋友呢，有了好东西自己享用，那多不够意思呀。如果让朋友们都来吃，它们一定会很高兴，也显得我够朋友。想到这里，兔子转身朝城堡跑去。

兔子首先来到老鼠家。

"该死的兔子，你跑什么啊？"老鼠正忙着吃偷来的薯片，见兔子匆匆跑来，便问道。

"老鼠阿姨，我有一个蜂房，特意来邀请你去吃蜂蜜的。"兔子站在老鼠面前说道。

"不去，蜂蜜虽然好吃，但还有许多蜜蜂呢，我可不想被蜇得满脸大包。"老鼠回绝了。

"我已经想好了。可以带一支火把，只要把蜜蜂熏走，就可放心享用了。"兔子说道。

于是，它们准备了一支火把，来到猴面包树前，用火把将蜜蜂熏跑，兴高采烈地吃起蜜来。

这时候，狮子散步经过猴面包树，听到上面有声音，抬头一看，发现有谁在偷吃蜂蜜。

"喂，是谁在上面偷吃我的蜂蜜？"狮子高声喊道。

兔子吓了一哆嗦，差点儿掉下去。

"千万别出声，下边有个疯子！"兔子急忙告诫老鼠。

"为什么不回答我啊？"狮子生气了，不耐烦地踢了一脚猴面包树。

"狮子大王，是我呀。"老鼠沉不住气，吱吱叫了两声回答说。

"快，把我藏到火把里，让狮子躲开点儿，再将火把扔下去。"兔子一看情况不妙，连忙嘱咐道。

狮子害怕火把烧到自己，远远地躲开。

火把一落地，兔子便飞快地跑掉了。

"你，下来！"狮子对着树上的老鼠喊道。

老鼠刚从树上爬下来，就被狮子逮住了。老鼠一边吱吱地叫着，一边求饶。

"说，刚才是谁和你在上面？"狮子问道。

"是兔子，你没看到吗？"老鼠老实答道。

"哦，这个家伙。"狮子说着将老鼠吃了。

狮子决定找兔子算账，可是找了很长时间，也没发现它的踪影。

过了几天，兔子又打算去吃蜜了。这一次，它邀请乌龟

一起去。

乌龟老实憨厚，在没弄清是谁的蜜之前，不敢去吃。

"兔子，那是谁的蜜呀？"乌龟问道。

"乌龟大叔，你尽管放心好了，那是我父亲留给我的。"兔子笑着说道。

"那还行，我就去吃点儿吧。"兔子和乌龟悄悄走进森林。

它们来到猴面包树下，兔子找到上次丢在地上的火把，然后爬上树将火把点燃，熏走了嗡嗡叫的蜜蜂，坐在树杈上吃起来。

这时候，狮子又恰巧从猴面包树下经过，树上的吃蜜声让它停下了脚步。

"是谁在上面偷吃蜂蜜？"狮子很生气，围着猴面包树转了两圈，然后大声叫喊道。

"大叔，千万别出声。"乌龟刚想回答狮子，就被兔子拦住了。

没听到回答，狮子越发生气，又一次发问。

乌龟害怕了，明白是兔子对自己撒了谎。

"该死的兔子，你一定是在撒谎。这些蜂蜜根本就不是你的！"乌龟愤愤地说道。

兔子心虚了，不敢回答乌龟的问题，只好默不作声。

"到底是谁在上面，快回答我！"树下的狮子等得不耐烦了，第三次大声叫喊道。

"亲爱的狮子，是我和兔子。"乌龟狠狠瞪了兔子一眼，然后回答道。

"该死的兔子，又是你！你害得我找了好几天，找了很多地方。今天，你终于落到我的手里了，看你还往哪儿跑，看我怎么收拾你！"狮子虽然表面生气，但内心却很兴奋。

兔子知道这回麻烦大了，便想用以前的办法脱身。

"乌龟大叔，一会儿你把我藏到火把里，然后告诉狮子，说你要将火把扔下去，让它躲开些。"兔子对乌龟说。

"好的。"乌龟满口答应了。

兔子低估了乌龟的智商。乌龟虽然忠厚，可毕竟活了很多年，心眼儿可比老鼠多多了，兔子的这套小把戏，怎么会骗得了它呢。

"我才没那么傻呢，你想自己先溜掉，让狮子抓住我。不，我要让狮子先把你吃掉！"乌龟嘴上答应，心里却另有主意。

乌龟按照兔子说的，将它藏进火把里。

"狮子大王，兔子和火把一块儿下去了，千万别让它跑了！"乌龟说着将火把丢下去。

兔子听了乌龟的话，心想坏了，但为时已晚，自己已经跟着火把掉了下去。掉到地上后，兔子刚从火把里钻出来，就被狮子发现了。

"该死的兔子，还想用上次的办法逃脱，没门儿！"听了乌龟的话，狮子这次没躲远，火把刚一落地，它就马上扑了上去。果然，兔子从火把里钻了出来，狮子一把抓住兔子，用一只爪子将它紧紧按在地上。

"该死的兔子，你这回还有什么话说。哈哈，你说，我应该怎么处罚你呢？"狮子得意地问道。

兔子虽然被抓，但眼珠一转，有了主意。

"亲爱的狮子，我现在的肉可是又粗又硬，味道也不好。"兔子编出了一段谎话。

"哦，那怎样吃才更好呢？"狮子问道。

"你拎起我的尾巴，原地快速转圈，然后摔在地上，很快我的肉就好吃了。"兔子说道。

狮子拎着兔子尾巴飞快地原地转圈，忽然感到天旋地转，没了力气，兔子趁机再次逃脱。

狮子一屁股跌坐在草地上，气得浑身发抖，突然想到乌龟还在树上。

"狡猾的乌龟，现在该轮到你了，赶快给我下来。"狮子怒吼道。

乌龟不紧不慢地从树上爬下来，一动不动地望着狮子。

"你说吧，想让我怎么收拾你？"狮子也不急于上前，它

知道，一百个乌龟也跑不过自己。

"这个很容易。你如果要吃我，一定要先剥掉我的壳。但是，你要想顺利剥下我的壳，就必须把我放进泥塘里。"乌龟对狮子说道。

狮子不知是计，将它放进了泥塘。没想到乌龟用力一划，一下子钻进了深水里。

狮子气得简直要吐血，猛踢了几脚猴面包树，又在草地上打了几个滚儿。

"该死的兔子，不管你跑到哪儿，我一定要找到你！我要一点儿一点儿地把你吃掉，连一根毛也不放过！"狮子举起前爪，对天怒吼，然后四处打听兔子的住址。

"大象姐姐，你知道兔子的家吗？"狮子首先看到了大象，便和气地打听道。

大象正在给小象喂奶，摇摇头说不知道。

"喂！小家伙儿，知道兔子的家吗？"狮子又看见了猎豹，粗鲁地问道。

猎豹正为前天狮子抢走了自己的猎物生气，所以头一扬，也说不知道。

狮子接着又向野猪、鸵鸟和水牛打听，但谁也没有告诉它兔子家住在哪儿。

就在狮子发疯般寻找兔子时，兔子却正在家里和夫人聊两次戏弄狮子的事。

"我们必须搬到另一所房子里去住。"兔子说道。

"为什么？"兔夫人有些不解地问道。

"你想啊，狮子能放过我们吗？到时候它不仅不会放过我，还要连累你和孩子。"兔子分析了当前的形势。

兔夫人终于明白了，马上忙着和兔子一起搬家。

狮子找不到兔子，便在树林里转悠，见到谁就打听，终于，它从眼镜蛇那里得到了消息。

原来兔子的家住在不远处的一座山上。

"该死的兔子，这回我可找到你了！"狮子乐坏了。

狮子跑到山上，找到了兔子的家，却不见兔子的身影。

虽然兔子不在家，可狮子依然信心十足。

"该死的兔子，就算你不在家，那也没关系，跑得了和尚跑不了庙。哼哼，我就在这里等，你一天不回来，我就等一天，两天不回来，我就等两天，总有你回来的那一天吧！如果你和你的夫人、孩子一块儿回来，那就更好了。我可以一块儿抓到三只兔子!"狮子做着美梦。

狮子正在自言自语，兔子和夫人真的回来了。

"你看，它果然来了，一定是在等我们。"兔子碰了碰夫人，小声说道。

"不会吧，狮子那么笨，怎么可能找到这儿来呢?"兔夫人停下脚步，不解地问。

"怎么不会，你看看，这是什么?"兔子指着地上的脚印说道。

兔夫人一看，还真的是狮子的脚印，不禁张大了嘴巴。

"亲爱的，你赶快回到新家去，好好照顾咱们的孩子。狮子是来找我的，我有办法对付它。"兔子嘱咐夫人道。

兔夫人哭了，死死抓住兔子不放。

"亲爱的，我怎么能没有你呢？再说，孩子也离不开父亲啊。我不走，我不能丢下你自己逃走。"兔夫人声音哽咽地说道。

"亲爱的，别这样，我们还有两个孩子，它们还那么小，别说吃草，就连眼睛还没睁开呢，没有母亲怎么行！"兔子的口气变得严厉起来。

兔夫人终于明白了兔子的意思，只好擦了擦眼泪，默默地离开了。

兔子目送夫人走远，这才悄悄地沿着狮子的脚印往前走。果然，狮子的脚印一直通到了旧家。

"可恶的家伙，居然找上门来了！哼，你以为找到了我家，就能抓住我吗，你想得太美了！"兔子停下脚步，摸着胡须暗暗想道。

兔子悄悄转回身，走了一会儿，停下脚步。

"你好，房子！你好，房子！"兔子用两只前爪围在嘴上，用尽力气高声喊道。

原野上静悄悄的，房子没有回答。兔子明知道房子是不会回答的，但是它偏偏要这样喊。

"房子，你这个该死的家伙，今天是怎么回事？你以前可不是这样子，我每次回来向你问好，你总是忙不迭地回答我，还高高兴兴地迎接我。"兔子嚷嚷道。

"今天你到底是怎么了？难道你睡着了吗？难道你没看见我回来吗？为什么不理我，难道是有客人来了，你正忙

着招待客人？喂，你倒是说话啊，真是气死我啦！"过了一会儿，兔子又煞有介事地大喊大叫起来。

狮子忍不住笑了。这个兔子真是可笑，房子怎么会说话呢？狮子从兔子的家里钻出来，冲着兔子招招手。

没想到，狮子又上了兔子的当。

"狮子，你果然在这里。我知道你想吃了我。可是，你也太蠢了，你什么时候听说过房子会说话呢？我是故意让你暴露。哈哈，你这愚蠢的家伙！"兔子捋着胡子笑了。

"该死的兔子，不要跑！"狮子恼羞成怒，怒吼一声，上来抓兔子。兔子早有准备，没等狮子迈步，就抢先一步跳进草丛，飞也似的跑了。

狮子怎肯罢休，在后面追了很久，但始终没有追上兔子。

"该死的兔子比我厉害，从今以后，再也不和它斗了。"狮子终于服气了。

狮子生活在一个大家庭里，有父母、妻子和孩子。

后来，狮子的父母死了，朋友们怕它过度悲伤，纷纷赶来安慰。可是狮子却和平常没什么两样，若无其事地和大家谈天说地，一点儿悲伤的样子也没有。

又过了一段时间，狮子的孩子掉进水里淹死了，大家都觉得很惋惜，可是狮子还是没有悲伤。

野兽们都觉得不可思议，认为狮子是个无情无义的家伙，谁也打动不了它的心。

又过了些日子，狮子的妻子也死了，朋友们又来安慰它。但是狮子还是和往常一样，微笑着感谢大家的好意。

"兔子，狮子的妻子死了，可它不但不伤心，还笑呵呵的，一点儿也不伤心，真不知道它是怎么了！"野兽们很不理解，跑去问兔子。

"你们只知道去安慰狮子，可是你们却不知道该怎样安慰它。你们知道它心里想的是什么，用什么样的话才能让他想念死去的家人吗？今天我去狮子家，你们看看我是如何安慰它的。"看到大家不解的目光，兔子胸有成竹地说道。

"亲爱的狮子，您的伟大有目共睹。我愿意陪您谈天说地，陪你享受人间美味。可是，晚上有谁能陪您呢？"兔子来到狮子家吊唁。

狮子无动于衷，请兔子坐下。

"晚上，挨饿的滋味可太不好受了，只有您妻子才会给您做饭吃。"兔子继续说道。

"它陪伴您度过了多少幸福的时光！有了它，您的生活是多么快乐呀！可现在，它却死了！"兔子继续唠叨着。

"是啊，兔子，你说得太对了，太对了！以前我怎么就没想到呢？我真是该死！"兔子的话，终于触到了狮子的痛处。

看见狮子哭了，大家虽然感到纳闷，但也跟着痛哭起来。

狮子难过了好一阵，兔子觉得差不多了，便起身告辞。但是，狮子却不肯放兔子走。

"我的父母、妻子和孩子都死了，现在除你之外，没有谁能这样安慰我了。你走了，面对漆黑的夜晚，我可怎么

活啊？"狮子拉住兔子悲伤地说道。

于是，兔子留了下来，白天晚上陪着狮子，陪它说话，陪它做饭，陪它散步，就这样整整陪了一个月。

后来，见狮子已经恢复了平时的样子，兔子才和它告别。

"亲爱的朋友们，这回你们看见伟大的狮子是怎么哭的了吧？"兔子回到家里对大家说。

"是呀，我们都看见了。现在我们才明白，应该怎样去和狮子打交道。"大家对兔子佩服得五体投地。

水 孩 子

　　从前有个通烟囱的小孩儿，名叫汤姆。他住在北方的一个大城市里，城里有很多烟囱需要通，所以还是挺赚钱的。汤姆既不会读书，也不会写字。他住的院子没有水，所以也从不洗脸。

　　汤姆的师傅格林姆斯性格暴躁，经常打他，对他很不好，但坚强的汤姆总是能挺过去，相信好日子终将会到来。

　　一天，一个神气的小马夫通知格林姆斯明天早上去名声显赫的约翰爵爷家通烟囱。

早晨四点，汤姆就和师傅出发了。格林姆斯骑着驴子走在前面，汤姆带着烟囱刷子跟在后面。半路上，他们遇见了一个衣着破烂的爱尔兰女人。这个女人长得很美，格林姆斯非常中意，于是请她骑上驴子。

女人冷冷地拒绝了格林姆斯，表示很乐意和汤姆一起走。她和汤姆并排走着，愉快地聊着天。她告诉汤姆，她的家远在大海的那边，大海非常美，每个季节都有不同的景致，还讲了许多关于海的故事。汤姆听后对大海充满了幻想，很想去看一看，还想在大海里游泳。

天气很热，他们路过一股清泉。格林姆斯把脑袋浸在泉水里，把泉水弄得很脏。汤姆也很开心，到处去采野花。那个爱尔兰女人也摘了很多花，还耐心地教汤姆编花环。

格林姆斯看到爱尔兰女人只跟汤姆在一起，根本不理他，内心十分懊恼，不仅骂了汤姆，还痛打了他一顿。爱尔兰女人愤怒地制止了格林姆斯，原来她不仅知道格林姆斯的名字，还知道他不堪的过去。格林姆斯很吃惊："你怎么会知道我的过去呢?"爱尔兰女人说:"愿意清白的人得到的将是清白,那些自甘堕落的人将堕落到底。"说完转身向草场走去。

格林姆斯惊呆了,等反应过来去追那个女人,她已经不见了。格林姆斯心惊胆战,骑上驴子,不再去招惹汤姆了。

他们又走了一会儿,终于到了约翰爵爷府。刻薄的女管家把他们带到一个房间,吩咐他们要当心这个、小心那个。

爵爷府的烟囱很大很高,汤姆打扫完烟囱,十分疲倦。他爬下烟囱,却迷失了方向,不知什么时候走进了一间非常华丽的房间。房中的陈设全是白色的,一位美丽的小姑娘睡在雪白的床单上面。

汤姆环顾四周,忽然看见一个又丑又黑、衣服破烂的小孩儿,再一瞧,原来是镜子里面的自己。他有些不好意思,想立即退出去,没想到一不小心把炭栏撞倒,发出了很大的声响。撞击声惊醒了床上的小姑娘,她惊恐的尖叫声又招来了隔壁的老保姆。

这下可糟糕啦！机灵的汤姆立刻来到窗前，顺着窗外的树溜到地上，奋力向庄园树林跑去。老保姆在窗口拼命叫喊着救命。

听到呼救声，庄园里所有的人，包括格林姆斯、约翰爵爷、老管家和那个爱尔兰女人，立刻放下手中的事情跑出来追赶，大家还以为汤姆偷了爵爷府昂贵的首饰。

汤姆光着一双脚在地上跑着，最后终于跑进了树林。他步履艰难，杜鹃花钩住他的腿、戳了他的脸，蒲草和芦苇则把他绊了一跤。后来，汤姆不小心撞倒了一堵墙，来到一片沼泽地。

汤姆很机灵，左跑右窜，很快就甩掉了后面追赶的人群，只有那个爱尔兰女人跟在后面。

汤姆穿过石楠丛，继续向前走，来到一座山脚下。随着山势越来越高，路也越来越难走，松软的泥土变成了一片石灰岩，汤姆的速度渐渐慢下来。可是他不管这些，仍旧向前走，不知不觉来到山顶。

这时，汤姆觉得有点儿饿了，而且口渴得厉害。他环顾四周，看见了一个村舍，里面有一个身穿红裙的女人。汤姆想，也许她那里会有好吃的。虽然双脚酸痛、饥渴疲倦，但他仍旧奋力向前，始终没有发现爱尔兰女人跟在后面。

与村舍的直线距离虽然不远，但汤姆毕竟是在海拔三百多米的山上。他艰难地爬下一个石灰岩草坡，又从一个陡峭的石阶上滑下去，随后又爬下另一个石坡……他以为应该到了，可村舍仍矗立在远方。

走着走着，汤姆终于坚持不住倒在了地上。烈日当头，他却打着冷战。蚊子、苍蝇嗡嗡的叫声使汤姆苏醒过来。他步履蹒跚，终于来到了村舍门口。屋子里走出来一位慈祥的老婆婆，看见虚弱的小汤姆，心疼地给他端来一杯牛奶和一些面包，然后带他去草棚里休息。

汤姆觉得浑身滚烫，想到河里去泡一下。恍惚之间，他发现自己躺在一条小河边上。"我要变成一条鱼,去水里游泳。"说完,汤姆脱掉所有的衣服,钻进水里,真舒服啊!

一钻进水里,汤姆就沉沉地睡着了。其实他之所以能够这样安详地睡去,是因为仙女收留了他,原来爱尔兰女人是水中的仙后。

好心的老婆婆发现汤姆不见了,怎么也找不到,非常生气,还以为汤姆是假装生病。

可是第二天老婆婆就改变了对汤姆的看法,因为约翰爵

爷的马夫追到了她的农舍。

原来，追错方向的约翰爵爷返回家，听了老保姆和受惊小姑娘艾丽的叙述，才知道事情的原委。

他们原以为汤姆会回到格林姆斯先生的住处，但却没有。之后，他又托警察帮忙打听汤姆的下落，也毫无结果。那天晚上，约翰爵爷寝食难安，担心汤姆在沼泽里迷路。第二天一大早，他就叫马夫骑着自己的小马，领着一群人，跟随猎狗去寻找汤姆的踪迹，最后找到了村舍和老婆婆。老婆婆这才知道错怪了汤姆。

事实上，汤姆已经被仙女变成了一个水孩子。在河边，大家发现了汤姆的衣服，以为他淹死了，非常难过。

当发现汤姆衣服口袋里既没有首饰也没有钱，只有三粒弹子和一个铜纽扣时，约翰爵爷哭了，很多人都哭了。但格林姆斯没有哭，因为约翰爵爷给了他十英镑，他又有钱买酒喝了。

这段时间，汤姆始终在河里游来游去，颈上围着一个很像是鱼鳃的花边领子，非常好看，既像一条活泼的小黄鳝，又像一条干净的小鲑鱼。

汤姆现在已经算是纯粹的水陆两栖人了，忘记了以前的一切，在水里过得很快活。在水里，他见到了很多有趣的东西，有六只脚的水猴子和水松鼠，还有五颜六色、形态各异、鲜花似的小动物。

汤姆喜欢捕捉和戏弄小动物，弄得那些小东西都远远避开他，这样他就一个朋友都没有了。这一天，汤姆又碰到一个丑陋肮脏的家伙，本想捉弄他，却反被捉住了，吃尽了苦头。

那个丑家伙不断膨胀，接着背脊开裂，钻出一个柔软而美丽的生命，最后变成一只美丽的蜻蜓飞向天空。汤姆十分惊讶。

可喜的是，后来他们成了好朋友，而且汤姆也慢慢改掉了欺负小动物的坏习惯，有了很多新朋友。

一天，汤姆遇到四五只美丽的水獭，他们在水里嬉戏打闹，十分可爱。其中最大的一只水獭发现了汤姆，目露凶光，龇牙咧嘴。汤姆赶紧逃到睡莲下面，使水獭无机可乘。老水獭气坏了，告诉其他的水獭："这是一只没什么吃头的水蜥，让鲑鱼收拾他，然后我们再吃掉鲑鱼。"

汤姆第一次听说鲑鱼，就问老水獭鲑鱼是什么。老水獭狞笑着说："鲑鱼是鱼中之王，但我们可以咬破他们柔软的喉管，吸他们鲜美的汁液。"

老水獭告诉汤姆鲑鱼来自大海，还讲到了他们从前在海浪里翻筋斗、打滚的事。老水獭说到自己的丈夫被人类弄死的时候变得非常激动，然后悲伤地向下游游去。

老水獭描述的辽阔的大海让汤姆久久不能忘怀，他非常渴望去欣赏那边蔚为壮观的景象。

在一个夏天的傍晚，汤姆看到了一件怪事。那天他整天都在发呆，那些鳟鱼也在发呆。可是傍晚时分，天忽然暗了下来。四周静悄悄的，没有一丝风。几滴大雨点落到水里，接着便风雨交加，电闪雷鸣，河水暴涨。

汤姆借着闪电看见水底到处都是大鳗鱼，他们扭动着肥胖的身躯向下游游去。这些鳗鱼平时都躲在石缝和泥沟里，很少看见他们，现在居然全都出来了，嘴里还不停地喊着："快啊，快啊，难得下这么大的雨，赶紧下海去啊！"

老水獭也带着儿女们出动了，速度跟鳗鱼一样快，游过汤姆身边时，对汤姆说："水蜥，如果你想见识世界，那现在是时候了！"

就在这时，汤姆看见三个美丽的小姑娘顺流而下，嘴里还说着："下海去呀，下海去呀！"转眼间，三个小姑娘就消失在奔腾的洪流之中。汤姆追上去，借着风雨中的电光，随着奔腾的洪流向下游游去。

汤姆就这样向着大海游啊游，想停都停不下来，而且他也不打算停下来，他要看看下游的广大世界、鲑鱼、海浪和大海，还有自己的同类——水孩子。

过了很久，天亮了，汤姆发现自己已经进入了鲑鱼河。

他终于看到了很多比他大上一百倍的鲑鱼。很神气但很有礼貌的鲑鱼告诉汤姆，大海里确实有很多水孩子，而汤姆也提醒鲑鱼要当心那只恶毒的老水獭。

在九月的一个美妙夜晚，汤姆突然看到一团耀眼的红光沿着河岸晃动。那是三个人，其中一个熟悉的声音说："捉住那个大家伙，他至少有六千克重。看准了，手稳点儿！"

汤姆还未来得及警告鲑鱼们，就见一条可怜的鲑鱼被鱼叉刺中了身体。然后，岸上传来一片叫喊和打斗声，一个人掉进水里，沉入河底的一个深洞。

等一切安静下来，汤姆游到落水人跟前。借着月光，汤姆能清楚地看见那个人的脸。这时，从前的一切又慢慢浮现在他的脑海。啊，这不是师傅格林姆斯吗？汤姆以为他也变成了水孩子，又要打自己了。想到这些，汤姆转身就跑，躲在一棵树的根下过了一夜。一觉醒来，他出于好奇再次来到那个深洞，但师傅已经不见了。他猜想，师傅肯定是变成水孩子游走了。

汤姆害怕碰到师傅，便向下游游去，虽然路上遇到了许多危险，但有仙女相助，一切都化险为夷了。而且汤姆是一个勇敢的孩子，总是勇往直前。

一路上，汤姆遇到了很多有趣的东西，有乌黑发亮的海豹、把他绊了一跤的比目鱼、一群群紫色的海螺，以及懒惰的大翻车鱼。无论见到谁，汤姆都向他们打听水孩子的下落。

可惜跑了很远的路，遭受无数苦难，仍旧找不到一个水孩子。可是人要想实现自己的愿望，那就一定要有耐心，要努力，小孩子也是一样。

不过，令人高兴的是，汤姆遇见了一只有趣的龙虾。这只自命不凡的大龙虾说见过水孩子，还说他们只是一群爱管闲事的小东西。

一天，爵爷府的艾丽正和一位老教授在河边散步，就在汤姆和他的龙虾朋友上面的礁石上走着。艾丽说曾在家里的画上见过水孩子，要是这里也有就好了。

老教授告诉艾丽，这个世界上根本没有水孩子。他用捞网在水草里胡乱捞了一阵，巧极了，小汤姆竟然被他捞上来。老教授叫起来："天啊！好大的红海参啊，还有手呢！"

"是水孩子！"艾丽尖声叫道。

老教授正想辩解，惊慌中的汤姆一口把他的手指咬出了血。

趁老教授松手的一刹那，汤姆纵身跳进水里，一眨眼就

不见了。

艾丽急了，跳下礁石，想在汤姆溜到水里之前捉住他。可糟糕的是，她脚下一滑，一头撞在尖利的石头上，昏了过去。老教授怎么也叫不醒艾丽，只好把她抱回去。

回家之后，艾丽一直昏迷不醒，嘴里不停地叫着水孩子。一个月圆之夜，仙女们飞进房内，给了艾丽一双翅膀。艾丽立刻插上翅膀，飞出窗外，飞过陆地，飞到云端。于是，很长一段时间，没有人知道她的消息。

这天，汤姆正在礁石旁游泳，忽然看见他的朋友龙虾被困在了一只用绿枝条编的笼子里。汤姆观察了一下笼子，叫龙虾把尾巴竖起来，准备把他从里面拖出来。可是汤姆刚抓住龙虾的尾巴，这个笨家伙就使劲挣扎，结果把汤姆也拖进了笼子。

就在这时，那只可恶的老水獭出现了！老水獭因为汤姆泄露了自己的行踪，很气愤，打算钻进笼子报复他。可是老水獭的头刚钻进去，勇敢的龙虾立刻钳住了她的鼻子，紧紧夹着不放。

现在他们三个全被关在了笼子里。经过一番挣扎，汤姆总算爬上老水獭的脊背，从笼子口跑出来。出来后，汤姆抓住龙虾的尾巴，用尽全身力气往外拖。

这时，渔夫已经把笼子提到了船舷，幸好龙虾猛地一挣，成功脱险。

和龙虾先生分手不到五分钟，汤姆就看见了一个水孩子。原来这里有很多水孩子，而且一直生活在这里，只是汤姆好几次都把他们当成了贝壳。

水孩子们邀请汤姆一起搭救一块被撞坏的石头，然后他们一起在石头上种草。干完活，汤姆跟水孩子们一起回家——白兰登仙女岛。这座岛建在许多圆柱子上，岛下到处是洞穴。

水孩子们晚上就在这里睡觉，白天打扫山洞。岛上的螃蟹衔走地上的垃圾，千千万万条水蛇守护仙岛，岩石上铺满了海葵、珊瑚、石蚕，时刻清洗着海水。

仙岛上有成千上万的水孩子，所有被遗弃、境遇悲惨的孩子都被仙女带到了岛上。

汤姆愉快地和朋友们一起玩耍，偶尔还找找小动物们的麻烦——搔石蚕的痒、把石子放进海葵嘴里。这样的事情每天都在继续，直到罚恶仙女来到岛上。罚恶仙女长得很丑，孩子们都很害怕她。

那天，孩子们见到罚恶仙女，便规矩地排成一队。仙女把各种各样的美味分给孩子们，却在汤姆的嘴里放了一颗石子。汤姆生气地质问罚恶仙女，原因是他曾经把石子放进了海葵的嘴里。

罚恶仙女每逢周五便把虐待儿童的人找来，如法炮制，以牙还牙。这些人中有给孩子服药过量的医生、有给自己女儿勒足束腰的妇人、有粗心大意的保姆、有冷酷无情的教师。

汤姆觉得她太狠了，不过这也难怪，这个可怜的老太婆要等所有的人都改过自新，才能变得美丽。她还要等好久好久。

星期日早晨，福善仙女来到岛上，那是汤姆所见过的最美、最慈祥的一张面孔。看到这位美丽的仙女，孩子们全都围了过去，只有汤姆愣愣地站在一旁。福善仙女看着不知所措的汤姆，问道："你是谁呀，小宝贝？"孩子们都说汤姆是新来的，从小就没有了妈妈。

福善仙女怜爱地将汤姆抱在怀里，轻轻地拍着他，低声细语地跟他说话，讲他有生以来从未听过的故事。汤姆望着仙女的眼睛，被她纯洁的母爱打动，竟然睡着了。

那以后，汤姆果真做起了好孩子，再也没有虐待过海里的小生灵。

当然，岛上的日子并不总是令人愉快的。汤姆一心想吃糖果，已不满足仙女每周分发一次。一天，他偷偷跟在仙女后面，终于知道了糖果橱的位置。

一天夜里，在别的水孩子都睡熟之后，汤姆打开了糖果橱。看见整整一橱子美食，他反而害怕起来。可是，既然

已经打开了，至少也得摸一摸吧。不行，摸了就想吃了，还是尝一小块吧。真好吃，那就再吃一块吧，然后是两块，三块……最后把一橱的糖果都吃光了。

其实，自始至终罚恶仙女都紧紧跟在汤姆身后。第二天发糖果的时候，仙女对这件事只字未提，只是在给汤姆糖果的时候严厉地看着他，让他心里直发虚。

汤姆觉得那天的糖果很难吃，从那时起就觉得浑身不舒服。这样过了两个星期，汤姆发现身上长满了刺，连福善仙女都不愿意爱抚他了。

汤姆十分伤心，终于在第三个星期发糖果的时候，把自己偷糖果的事情告诉了罚恶仙女。

仙女最后原谅了他，还说她喜欢勇于承认错误的孩子。

罚恶仙女给汤姆请来一个小老师，帮他去掉身上的刺。汤姆开始很害怕，小老师似乎也很害羞，好像不情愿似的。汤姆忽然放声大哭起来。看见汤姆这么伤心，小姑娘变得温柔起来，开始悉心地教汤姆。就这样，没过多久，汤姆身上的刺就没有了。

小姑娘发现，原来汤姆就是当年那个通烟囱的小男孩儿。汤姆也发现，原来这个小姑娘就是那个漂亮的小女孩儿艾丽！时间过得真快，不知不觉已经整整七年了。

汤姆很好奇艾丽每周日回家时都去了哪里，艾丽没有告诉汤姆，只是让他去问仙女。汤姆到罚恶仙女那里去寻找答案，但仙女没有直接回答他，只是说那个地方只有做了自己不喜欢做的事的人才配去。

没有办法，汤姆只好再去问福善仙女，但得到的答案还是一样的。其实汤姆知道，仙女是想让他去找师傅格林姆斯先生。

罚恶仙女告诉汤姆，如果他打算有一天做大人的话，就得趁现在出去看看世界。看到汤姆并不情愿，她便想让他知道不思考、逃避问题的下场，于是从石缝中取出一本书给汤姆看，这是一本关于逍遥国历史的书。

翻开书，汤姆看到，很久以前，逍遥国的人活得非常自在，什么事都不需要自己做，因此失去了思考的能力。五百年后，这里的环境不再优越，可他们却无动于衷，最后变得和野人差不多。又过了若干年，他们逐渐演变成猿猴、猩猩，最后这个没有头脑的民族灭亡了。

"如果你不下决心出去看看世界，我不敢保证你会不会变成池子里的一条水蜥。"仙女说。

仙女告诉汤姆，找师傅格林姆斯的路途很遥远，因为他被囚禁在天外天。汤姆需要先到光辉城，穿过那扇从不打开的白城门，然后到达和平池和护池婆婆港，护池婆婆会告诉他去天外天的路。

汤姆说不知道路，仙女说："小孩子不能怕麻烦，应该自己去问路，否则就不能长大成人。"于是，汤姆依依不舍地与艾丽告别，踏上了战胜自己的旅程。

一路上，汤姆向海中的动物和空中的飞禽问路，却没有一个知道去光辉城的路。失望的汤姆只好继续前行。

途中，他碰到一条鲱鱼王。鲱鱼王告诉他："独孤礁有只仅存的大海鸦,她可能知道去光辉城的路,但千万不能说你会飞。"

汤姆游了七天七夜,终于见到了那只大海鸦。汤姆向她表达了问路的请求,海鸦果然问汤姆会不会飞,在知道汤姆不会飞后才与他交谈起来。

大海鸦絮絮叨叨说了很多,关于飞翔、翅膀,关于她悲惨的身世,就是不说去光辉城怎么走。在汤姆的一再追问下,大海鸦才哭着说,她忘记那条路怎么走了。汤姆非常伤心。

这时,飞来了一群温柔的白尾海燕。汤姆重燃希望,向这群海燕求助。他们说:"随我们来,我们指点你。"

汤姆告别了大海鸦,奔向光辉城。

海燕先带着汤姆去水禽国开水禽大会,又动身飞往北方群岛的夏季孵育场。途中经过詹·马银州高山时,他们碰到了一群海鸥,这些海鸥知道去光辉城的路。

善良的海鸥载着汤姆飞过浮冰和冰山,来到了光辉城从不打开的白城门前。海鸥们告诉汤姆，如果想穿过白城门，就得从城门下的浮冰里泅过去，不过路途艰难。

汤姆坚定地说："我历尽千辛万苦才来到这里，怎么能轻易回去呢。"说完，他纵身跳进海里，在漆黑中摸索前进。

经过七天七夜的奋力拼搏，汤姆终于来到了和平池。

在平静的海面上，善良的鲸鱼打着瞌睡。这些幸福的大家伙还算热心，指着池子中央的一座冰山告诉汤姆说，那就是护池婆婆。

汤姆向冰山游去，等他靠近时，冰山立刻变成了一个容貌庄重的老婆婆。护池婆婆手托下颌，静静地坐在那里，一双蔚蓝的眼睛凝视着海面。

汤姆从护池婆婆的眼睛里看到了通往天外天的路，便用心记了下来。

一路上他翻山越岭，渡河跨海，无论严寒酷暑，无论道路崎岖，他都坚持着，从未放弃。

这一天，汤姆来到深深的海底，跳进一个大洞穴，经过半日，最后终于到达天外天岸边。

在旅途，他见到了很多奇怪的事情。他先是走过堆满坏书的废纸谷，到了用劣质牛奶糖铺路的龌龊山和糖果省，随后来到一个叫波罗普拉格摩新岛的古怪地方。这里有许多颠三倒四的事情，例如车拉马，钉敲锤，等等。

这里的人都很热心，争着给汤姆指路，但却不是他想去的地方。经过一番努力，汤姆终于摆脱了那些"热心人"。

逃出那个古怪的地方之后，汤姆又来到一座叫哥坦姆的智人城。城里所有人都在日夜不停地逃命，因为后面有一个年老的巨人在追赶他们。这是一个岛国，人们又不敢下海，所以只有绕着海岸一圈一圈地跑。

汤姆就没有那么幸运，他与巨人正面遭遇了。巨人看到如此奇怪的汤姆，很想把他收到瓶中回去研究，因为巨人的嗜好就是将所有的新奇事物收入瓶中研究。

不过，汤姆是个勇敢聪明的孩子，什么都不畏惧。巨人听说汤姆是个大游历家，立刻与他讲和，而且还成了忘年

之交。

后来，汤姆到了一个叫无稽国的地方。这里有一个小孩儿生了一种奇怪的病，由于找不到能使他害怕的东西，所以整天啼哭不止。男孩儿的父母为他请来了女巫，女巫施用魔法把小男孩儿吓晕了。男孩儿的父母居然很开心，双膝跪在女巫面前，自愿听她使唤。

得意忘形的女巫也想吓唬汤姆，没想到汤姆在经历了千难万险之后，已经变得很勇敢。他强势反击，竟然把女巫吓跑了。不辨是非的居民认为汤姆是坏心肠的调皮孩子，跑出来追打他。

幸运的是，在仙女的帮助下，汤姆成功逃出了重围。

汤姆一路上经历了无数奇闻逸事。一天，他来到了一片非常洁净的国土，名叫"与世隔绝"。汤姆向一座大房子走去。他心里有一种强烈的感觉，在这里一定能找到师傅。

这时有三根警棍向他跑来，汤姆拿出护池婆婆给的护照让他们看。警棍看了一眼，将汤姆带到一座监狱门前。只见警棍轻轻一晃，他们瞬间来到了囚禁格林姆斯的三百四十五号烟囱。在烟囱里，格林姆斯满身煤污，嘴里叼着一个没有点着的烟斗，狠命地抽。

格林姆斯见到汤姆，以为他是来嘲笑自己的，十分生气。当汤姆表明自己真的是来帮助他时，可怜又可恨的格林姆斯先生说："我什么帮助都不需要。我只要啤酒，可啤酒偏偏到不了手。我要找个火把烟斗点着，可偏偏也到不了手。"

善良的汤姆急忙过去帮师傅点烟斗，可火一接近烟斗立刻就熄灭了，而且有一股神奇的力量想把汤姆从烟囱里拉出来。警棍告诉汤姆："这家伙的心太冷了，任何东西靠近他都会被冻结。"

见无法帮助师傅逃出苦海，汤姆悲伤地说："我经历了无数艰险才来到这里，就是为了帮助师傅，可现在却一点儿办法都没有。"

格林姆斯先生竟主动关心起汤姆来，说："你是个忠厚

的小东西，还是快走吧，冰雹不久就要来了。"原来这里每天晚上都会下冰雹。这些冰雹在还没有落到格林姆斯身上时是暖雨，可是一旦落在他头上，就变成了冰雹。

这时，罚恶仙女出现了，说："冰雹不会来了，我以前就说过，那是你母亲睡前为你祈祷时流下的眼泪，却被你冰冷的心冻成了冰雹。现在她已经安息，再不会为她狠心的儿子哭泣了。"

汤姆这才知道，当初收留他的婆婆就是师傅的母亲。

听了仙女的话，格林姆斯半天没说话，显得很悲伤。突然，他像孩子一样大哭起来，哭得烟斗从嘴里掉落下来，摔了个粉碎。

就在这时，奇迹发生了。格林姆斯的眼泪把他脸上、衣服上的煤灰全都冲掉，又把砖头之间的灰泥冲掉，大烟囱轰然倒下，他终于逃出了烟囱。

罚恶仙女决定再给格林姆斯一次机会，派他去打扫阿特那火山洞穴。只见警棍一晃，格林姆斯就不见了。

在游历途中，汤姆做了很多自己以前不敢做的事。罚恶仙女夸奖他现在已经是一个勇敢的男子汉了。

汤姆终于和日夜思念的艾丽重新相聚，又可以每周日和艾丽一起回家啦！

现在的汤姆已经是一个大科学家了，铺设铁路，发明蒸汽机和电报，几乎无所不能，而这些知识都是他在海底做水孩子时学来的。

愚蠢的富翁

金达善是很有智慧的一个人，他诙谐幽默，专用巧计与富人、贪官周旋，并把从他们那儿得来的钱接济穷人，深受百姓称赞。

一天傍晚，金达善正在家里吃饭，突然听到敲门声。

"达善在家吗？"有人喊道。

金达善急忙打开门一看，原来是和他一起长大的好朋友，远在农村的崔大哥。

金达善把崔大哥请进屋，然后拿了几文钱出了门。不一会儿，他就打了一壶酒回来。

家里没什么好吃的，就剩下一小碟泡菜。金达善不好意思地端出泡菜，和崔大哥边喝酒边聊天。

崔大哥不明白金达善为何过得如此清贫，他哪里会知道，金达善是把自己的钱都分给了身边的穷人。

"对了，最近有件事儿你听说了吗，就是关于那个安州富翁的事儿？"崔大哥突然说道。

"安州富翁？没听说。"金达善摇了摇头。

他这段时间很少出门，外面发生了什么事儿，还真没听说。

"最近从安州来了一个贪婪的富翁，他非常有钱，但却相当吝啬。他每天不停地到处转悠，瞪着眼珠子想捞钱。"崔大哥滔滔不绝地说。

"人心不足蛇吞象，人的贪欲就是个无底洞！"金达善默默地说。想来这位富翁平日里压榨百姓，只要能捞到钱，他什么事儿都干得出来。

"听说安州富翁就在大同江边留宿。"崔大哥接着说。

　　大同江发源于狼林山脉，江水流经多个城市，清澈甜美。远近的人们都喝大同江的水。每天清晨，就有人来到大同江边挑水，人来人往，络绎不绝。金达善的脑中突然闪过一个整治富翁的主意，既然他在大同江边留宿，那就以大同江水为诱惑，治治这个贪婪的富翁。

　　金达善打定主意，当晚就采取行动。他走遍村庄里的各家各户，都详细交代一番，还给了每户几文钱，让他们按自己交代的去做。

　　这些人平日都和金达善有来往，知道他的为人，所以都非常愿意配合他。

　　第二天清晨，像往常一样，大同江边挑水的人来来往往，三三两两地挑着水走过。

　　安州富翁身穿名贵大氅，头戴笠帽，脚踏高筒靴，挺着浑圆的大肚子，迈着四方步，看样子是在散步。

　　当他踱到江边时，看见了一件怪事儿，便立即停下脚步。

　　大同江边的一个人吸引了他，那人坐在一块大石头上，紧闭双眼，悠然自得地摇晃着身体。他的面前放着一个大木桶，挑水的人路过他面前，都要往桶里投一文钱。

　　富翁的眼睛瞪得都要冒出来了，怎么会有这么便宜的事儿？

　　富翁站在那里，东瞅瞅西看看，越想越觉得奇怪。

　　他看看流淌着的大同江水，又看看不停往木桶里投钱的人们，百思不得其解。

　　为什么挑江水要给他钱呢？这到底是什么人？这江水可是白来的，他在这儿收钱，不等于白捡钱一样吗？真是太划算了，富翁怎么也想不通这事儿。

　　看着钱揣进别人的腰包，富翁十分眼气。

　　桶里的钱已经快要堆满了，富翁想象着这钱要是揣进自己的腰包，那该有多好啊！

　　富翁下意识地咽了口唾沫，趁机拉住一位挑水人。

　　"喂，伙计，那个人到底是谁呀？"富翁指了指石头上坐着的人问道。

"噢，那个人是大同江的主人，名叫金达善，这你都不知道？"挑水人不屑地说。

"什么，大同江的主人？"富翁瞪圆了眼睛，张大了嘴巴，半天才说出一句话来。

"对啊，一看你就是外地人，你不知道吧，那个人花钱把大同江买了下来，现在江水就是他的了，我们挑水都要向他交钱，他马上就发财了。"挑水人口若悬河。

"那是啊，他一定会发财的，谁都能看出来，大同江的水是永远不会干枯的。"富翁晃着肥胖的身子，暗暗寻思。

富翁的心里又是一阵痛，皱起了眉头。

"这么坐着，就把钱收到手了，这个世界真是太不公平了，我一定要想办法，把这个位置抢过来。"富翁嫉妒得眼珠子都快绿了。

一番思考过后，富翁腆着肚子，满脸堆笑地来到金达善跟前。

他们互通了姓名之后，富翁迫不及待地把话引向正题。他向金达善提出要收买大同江水的出售权。

"你怎么看别人赚钱就眼红呢，这话就不要提了。"金达善摆了摆手，装作不愿意的样子。

富翁哪肯罢休，又往前凑了凑。

"我可以满足你所有需求，只要你把江水的出售权卖给我！"富翁请求说。

江边挑水的人络绎不绝，就在他们谈话时，钱币还在不

断增多。听着"当啷，当啷"的响声，富翁急得像热锅上的蚂蚁一样。

"哎呀，这可不行，我这辈子就指着这个金饭碗呢，但你这么诚心地求我，我这个人心又软，怎么办呢?"金达善装出一副犹豫不决的表情。

"您心地善良，一定会有好报的。"富翁心中暗喜，赶紧点头哈腰，拿出一大沓钱给了金达善。

金达善收下钱后，果真把位置让给了富翁。

富翁满意地看着自己买下的大同江，江水正哗哗地泛着浪花，仿佛是无数的金币在眼前跳跃，他暗自得意，发出了贪婪的奸笑。

当天夜里，富翁兴奋得睡不着觉。

"终于能白得无数的钱了，这可真是件绝好的事儿，竟然让我摊上了! 我先自己收两天钱过过瘾，然后再雇个人帮忙，我就坐等着数不清的钱揣进腰包……"富翁美滋滋地想着，禁不住笑出声来。

第二天天一亮，富翁就腆着肚子，端着烟袋锅，一步三晃地来到江边，坐在石头上，把收钱的大桶紧紧靠在身边，幻想着江水给他带来的巨大财富。他悠闲地闭上眼睛，等着听投币的声音，他觉得那是世界上最美妙的声音。

渐渐地，清早来挑水的人们蜿蜒着排起了长队，富翁心里异常激动，等待着那个令他心跳的时刻。

但是，这美妙的时刻并没发生。不知为什么，那些挑水的人仿佛没看见他一样，更别说往桶里扔钱了，挑完水就都匆匆离开了。

"喂，这是我的江，我买下了这里，你们怎么不交钱就把水挑走了呢？"富翁质问一个挑水人。

"你是谁啊，在这儿大呼小叫的？"挑水人不客气地问。

"我告诉你，从现在起，我就是这里的主人了，这大同江我已经买下啦！"富翁趾高气扬地说。

"您是不是糊涂了，江水怎么会有主人？"挑水人嘲笑他说。

"你不能睁着眼睛说瞎话!"富翁据理力争。

"别仗着自己有钱,就随便欺负我们这些老百姓。"挑水人并不在乎富翁。

大家七嘴八舌地议论起来,把富翁弄得丈二和尚摸不着头脑,他定下神来,想了半天。

"对不起各位,刚才是我太鲁莽,我昨天早晨明明见你们交挑水钱了啊,今天怎么就忘了呢,这钱是不是应该接着交下去啊?"富翁挤出一点儿假惺惺的笑意,对周围挑水的人们说道。

"哈哈哈,世界上哪有这样的人,想卖大同江水赚钱!"大家议论纷纷。

富翁被说得莫名其妙,脸上一阵红一阵白。

"昨天我明明看见你们向那个人交钱了啊!"富翁拍着脑袋说。

挑水的众人发出一阵阵讥讽的笑声。

"你这个家伙是想钱想疯了吧，昨天那钱就是金达善的，他是和我们闹着玩呢，先把钱分给大家，然后再让我们把钱扔回桶里。"挑水人解释说。

"你要是先把钱分给我们，我们也会把钱丢进你的桶里，让你听着过瘾！"另一个人大笑着说。

看着富翁的狼狈相，人们笑得前仰后合，眼泪都笑出来了。

富翁终于明白了，自己一向精明，没想到却吃了这么大的亏。他可是花钱买的这江水啊，损失那么多钱，可真要了他的命。

富翁摇摇晃晃地，转着圈看着周围大笑的人群，顿时眼珠儿一翻，倒在了大同江边。

笨　孩　子

　　从前，朝鲜有一个判书大提学，叫金肃。金肃的父亲、爷爷、太爷爷都才华出众，文章写得特别好。

　　金肃家从金肃的爷爷、父亲，一直做到金肃自己，可谓官宦世家、书香门第。就是这样的名门望族，却出了一件怪事儿。

　　在金肃二十七岁那年，他的妻子为他生了一个白白胖胖的儿子。孩子的皮肤细嫩得像精致的白瓷杯子，胖嘟嘟的脸蛋像熟透的红苹果，黑白分明的大眼睛忽闪忽闪地看着你，好似阳光的微笑，小巧的嘴巴，精致的小鼻子，组合在一起，像极了年画中的胖娃娃。

金肃和他的夫人对这个孩子疼爱极了，都认为这个孩子长大后一定能金榜题名，光宗耀祖。所以给这个孩子取名叫"金安国"，也就是"安邦治国"的意思。

安国慢慢地长大，开始牙牙学语，大人教他说什么，他就说什么，摇头晃脑的样子滑稽可爱，常常让大家捧腹大笑。金肃看他这样聪明，别提有多高兴了，只要有空就把他抱在怀里教他说话。

一天，金肃突然想教孩子认字，连教三个月，安国连"天"和"地"这两个字还不认识。

"这么乖巧的孩子，怎么就不认字呢？或许是他年纪太小，过几年我再教他。"金肃暗想。

转眼间小安国六岁了。金肃想，现在我可以教你认字了吧。这个小安国虽然别的方面聪明伶俐，一点就会，可就是对文字一窍不通。

"我们老金家世世代代都是读书人，而且在朝堂上官位又这样显赫，这孩子这样愚笨，长此下去，被别人知道，列祖列宗的脸岂不是都被他丢尽了。"金肃开始担心起来。

父亲金肃想尽一切办法日夜不停地教他《千字文》，可安国始终都不理解"天"和"地"是什么意思。

光阴似箭，日月如梭，小安国已经成长为玉树临风的美少年了，十四岁的他，英姿伟岸，就是对认字一窍不通。金肃一筹莫展，无限忧虑。

"我原来以为他小，不能理解，学不进去。可如今都十四岁了，还是这样的愚笨，列祖列宗的赫赫威名都要毁在他手里了。"金肃想着想着，他有了赶走安国的念头。但是安国毕竟是自己的亲生骨肉啊，又给家里带来那么多的欢乐，如果让别人知道，岂不是招来别人的嘲笑。这可怎么办呢？金肃为难极了。

这期间，安国的弟弟安世已经长到五岁了，虽然没有安国长得清秀，但却很聪明，牙牙学语时就能认字读书了。金肃决定把希望寄托在安世身上。

可安国还在啊，怎么能让老二顶立门户呢？父亲犯了难。那时候都是由长子来继承家业的，只要长子还在，就没有把家族权力给老二的道理。得想一个两全其美的办法，金肃渐渐有了主意。他想神不知鬼不觉地把安国逐出家门，打发他去外地，这样安世就可以合理合法的继承家业了。

机会终于来了，金肃的弟弟金清被任命为一个小地方的通判。那里虽然是个偏远小城，不过土地肥沃，物产也算丰富，百姓还算富有。

金肃觉得是个好机会，那里距离京城远，又很少有人去那里。在那儿说不定安国能过上普通百姓的生活，衣食不缺的话，不是也很好吗？打定主意后，就等弟弟金清来辞行。

金清赴任前，来向哥哥辞行。摆上酒席，兄弟两人推杯换盏，畅谈金家的未来。

"哥哥近来有一件烦心事儿，折磨得我睡不好，吃不香。"金肃趁机对弟弟说。

"哥哥，是什么事儿呢？弟弟我能帮你分忧吗？"金清急忙关切地问道。

"安国这孩子从小容貌俊秀，我和你嫂子都非常疼爱他，可这孩子就是不识字，如果让他留在这里，安世就不能继承家业。今天，你正好去安东赴任，就把他一起带走，让他做一个普通百姓吧！"说着，金肃就要把安国托付给金清。

听到这里，金清慌忙站起来。"哥哥，这可不行！从古至今官宦家庭不读书的子孙多了，难道就我们安国一人？我也没看见哪个家族因为子孙不会读文章，就被赶出家门的！况且，安国这孩子容貌清秀，为人忠厚，即使他一辈子不会读书，那又如何呢？我们可以让他料理家务，祭祀祖宗，况且他是我们金家的长子，哪有把长子赶去外地，让老二继承家业的道理啊。"金清言辞恳切地拒绝了兄长的请求。

这时，哥哥金肃急忙抓住金清的手。

"你要是不肯帮我，带他走，我就只能将他逐出家门，生死由命了。"金肃伤心欲绝地说。为了留住侄儿的一条命，金清只好答应带安国一起走。

这时，佣人叫来了安国，安国还不清楚眼前究竟发生了什么事情。父亲金肃走到他面前。

"从今天开始，你就不再是我的儿子，你也不要认我这

个父亲！你现在和叔叔走，从此以后不许你再进家门半步。"金肃言辞决绝地说。

安国瞪大眼睛愣愣地看着父亲，他听不懂父亲在说什么。父亲为什么要赶我走？父亲为什么不准我回来？父亲为什么如此凶狠地对我。他连哭都忘记了，大脑一片空白。他茫然地跟着叔叔金清走出了提学府，登上了叔叔去安东的马车。

到了安东，金清觉得安国的相貌和眼神都与众不同，没有一点儿痴傻的意思，怎么会不认字呢？于是他决定由自己来教侄儿。每天处理完公务，他就教安国认字，金清和哥哥遇到了同样的麻烦。

"怪不得哥哥一定要把他赶出来呢。这个孩子实在是笨得太离谱了。"金清无奈地长叹一声。

金清还是觉得不可思议，耐着性子问侄儿："安国，你不要着急，不要羞愧，和叔叔说实话，你真不理解字的含义吗？"

"叔叔，不是我不想认字，我也爱听别人讲故事，而且无论什么故事，我听一遍就能记住。可是，一学写字就不行了，别说记不住，甚至一听到认字，我就精神恍惚，实在是没有办法。"安国痛苦地说。

金清一时间也想不出好的办法，只好叫安国回房去，从此不再教他认字了。

金清上任的小城里有一位乡长叫李唯新，家里相当富有，他有一位品貌双全的女儿。金清听说后想："侄儿虽说是大提学的公子，可毕竟不识字，又被哥哥赶出来，现在又流落他乡，不如让安国做李家的上门女婿。"

这天，公务处理完毕，金清特意派人将李唯新请来，告诉他自己有个年轻的助手，问他愿不愿意招为上门女婿。通判大人亲自做媒，当然是好事，可李唯新也要问个清楚啊。

"敢问通判大人，这位年轻人是谁家的后代啊？"李唯新急忙问道。

"是我哥哥判书大提学的长子。"金清不慌不忙地回答说。

"还是让我回家和夫人商量后再回答您吧。"李唯新惶恐地答道。

李唯新将信将疑地回到家，越想越不对劲，金肃在京城是有名的大官，他怎么会到这个偏远小镇找亲家呢？又怎么能让自己在京城出生的儿子到这里做女婿呢？这个孩子是不是有毛病呢？李唯新反反复复地琢磨。

李唯新把自己的疑问告诉了夫人。夫妻商量后，李唯新决定去通判大人家问个明白。

金清非常明确地告诉他，安国是提学大人的嫡长子，而且眼不瞎耳不聋，仪表堂堂。

金清把安国叫了出来。他高挑的个头，两道浓浓的英雄眉，炯炯有神的大眼睛，白净的皮肤，温雅清爽的嗓音，简直无可挑剔。越是这样，李唯新越是疑心。

"提学大人是京城权贵，为什么要将这么好的儿子送到千里之外这样的穷乡僻壤呢?"李唯新提出疑问。

在李唯新不停的追问下,金清不得已把事情的原原本本告诉了他。

听了这话,李唯心非常吃惊,他万万没有想到,大提学大人的儿子竟然不识字。

"竟然是因为不会识字被赶出提学府的,世上还有这样的事情?"李唯新疑惑极了。

"我虽然是一个乡长,但是我的女儿能嫁给大提学大人的儿子已经是高攀了,我很满足,怎么还能指望他诗书文章样样精通呢?今天他来到这里也是缘分,就由我来照顾大提学的公子吧。"李唯新终于答应了婚事。

金清看到李唯新家产富足,吃穿不愁,而且也是书香门第,非常满意,就选了良辰吉日,热热闹闹地为他们举办了婚礼。

不久,金清打算放弃通判的官职,回京城去。他先到乡长李唯新家和侄儿安国告别,看到安国虽然还是不怎么爱说话，但精神还不错，便告辞离开了。

回到京城，安顿好家里，金清快马直奔哥哥金肃家。寒暄过后，向哥哥金肃通报了为安国娶亲之事，详细地介绍了李唯新的家庭情况，操办婚事的过程，以及他临行前去李唯新家和安国告别的情形。金肃的夫人一边认真地听，一边不停地抹眼泪，金肃听后非常满意，赶快置办酒席向金清道谢。

安国自从进了李唯新家，三个月没出过房门一步。

一天，妻子李氏问他："男子汉大丈夫成天待在家里不觉得闷吗？要想出头，光耀门第，最好的办法是读书。相公到这里来已经三个多月了，书也不读，门也不出，这是怎么回事儿呢？"

"从我学话开始，父亲就教我认字，一直到了十四岁，我都不理解'天'和'地'的含义，父亲认为我不成器，便把我赶到了这里，并警告我从此不准再进家门。我实在是愧对父母，又有何面目出头露面呢。我并非不想读书，只是一听到'读书'二字就头痛，以后你不要再向我提'读书'二字了。"安国皱起眉头答道。

李氏叹了一口气，从安国房中走了出来。

李唯新家本来就是书香门第，家中个个都能书善文，才华出众。李唯新因为听过金清的介绍，所以，也没有想过要教安国读书，只是女儿为丈夫整日无所事事而忧愁。

"我父亲、我哥哥都擅长写诗作文，相公也一起学学吧。"一天，李氏对丈夫说。

安国一听，条件反射地立刻站起来大吼道："我上次不是和你说过，让你以后不准再提读书之事了吗？你为什么不听？为什么今天又提起这件事？"

李氏碰了一鼻子灰，一声不吭地走了出去，从此不提读书之事。

李家也是书香门第，李氏对著作、名言、名句都能背诵，也算得上是饱读诗书的奇女子，而且她性情温顺，深明大义。

　　她认为女子读书不过是增长见识，不必张扬。因此，除了她自己外，父母兄弟都不知道她精通文墨。可自己嫁的丈夫，却因为不识字而被父母赶出家门，她深感遗憾。

　　和安国婚后相处的这段时间，让她对丈夫有了一定的了解，她觉得丈夫不是愚笨的人。她决定亲自教丈夫识字。

　　"但是女人教丈夫识字，自古还没有先例，尤其丈夫一听读书就头痛，该怎么办呢？"李氏思忖着。

　　李氏眼珠一转，有了计策。

"如果我用讲故事的方式把书的内容讲给他听，他的头还会痛吗？不妨试试。"李氏豁然开朗。

"人不是石刻木雕的菩萨，更不是木偶，怎么能从早到晚一言不发呢？"李氏走进丈夫的房间，对丈夫说。

"我也想说话，但是有谁愿意和我说呢？"安国起身还礼。

李氏从《史记》第一卷开始往下讲，安国聚精会神地听完故事。

"嗯，非常好听"安国赞叹道。

"故事听一遍不经常温习很快就会忘记的，你能把听过的故事复述一遍吗？"李氏将第一卷的内容全部讲完后对安国说。

"行。"安国欣然同意，并且将李氏讲的故事一字不漏准确无误地全部背了出来。

"相公的记忆力非比寻常，就是没能发挥出来，我一定要让他的才华大放光彩才行。"李氏对丈夫惊人的记忆力十分惊讶。

从此，李氏夜以继日地给他讲史书，并让他复述。这样周而复始，安国记住了很多故事，从古代史书到名人传记，李氏讲过的安国都能倒背如流。

"你给我讲的故事都是从哪里来的？"一天，安国按捺不住好奇，问李氏。

"都是书上的文章。"李氏回答道。

"这就是文章吗？文章要是这么有意思，我的头怎么会痛呢？"安国非常奇怪。

李氏把书放在安国面前读了起来，安国被书中的故事吸引，不由自主地跟着朗读。慢慢地安国从第一卷到第二卷及其他的书都自己读了下来。一直混混沌沌的安国此时犹如醍醐灌顶，突然醒悟，感到天地开阔，又兴奋又激动，废寝忘食地读起来。

从此，李氏就把自己讲过的书摆满了书房，安国孜孜不倦地读了一卷又一卷。李氏又不失时机地教安国写文章和书法。很快他的书法也字字传神。

李氏认为时机已到，可以送安国闯荡一下了。

"相公在这里已经十年了，一个朋友都没交上，今日起相公也外出与先生们一起切磋学问，那才有意思呢。"一天，李氏对安国说。

安国接受李氏的建议，沐浴换装，然后到李唯新处请安。

十年不露面的女婿突然出来请安，李唯新又惊又喜。

"哈哈，今天太阳从西边出来了!"李唯新的两个儿子瞪大了眼睛，讽刺道。

"听说各位要作文章，我也想试一试。"安国说。

"你要作文章，我们没听错吧!"李唯新和他的两个儿子都惊呆了。

李唯新出了一个题目，安国看了一眼，提笔就写，一挥而就。

大家看到安国大胆有力的立论，整洁的卷面和遒劲有力的笔触，个个惊叹不已，啧啧称奇。

"这种文体与笔法安国竟能写出来，真了不起!"李唯新的两个儿子瞪大了双眼。

"我以前听说安国不会读书写字，今天突然做起文章来了，而且写得非常好，这到底是怎么回事儿呢?"李唯新忙问女儿。

李氏就将十年内所发生的一切都告诉了父亲。

此后安国的文章日趋成熟，就连远近的朋友和文人们也无不望洋兴叹。

"不久要举行科举考试了，相公如今才华出众，为什么还要默默无闻地在安东这个小地方做普通百姓呢。再说，公公将相公赶出家门也是因为相公不肯读书写字，如今相公已是满腹经纶，与昔日不同了，你正好可以趁这次机会证明给你的父母看。"李氏对安国说。

"我何曾想在这里了却一生! 只是来时父亲警告我不让我踏进京城一步，我不愿让父亲为难。"安国长长地出了一

口气，眼泪止不住地流了下来。

李氏默然不语，思虑了一会，便喜形于色。

"可以变通一下嘛。相公先参加考试，等榜上有名之后，再去拜见父母大人，他们看到你的成绩自然会原谅你的。"李氏建议道。

安国接纳了李氏的意见，准备好行装，骑马出发了。

他想回家看看，又怕父亲生气，到别处去，自己又不认识。他转来转去，忽然想起自己的乳母，便快马加鞭，直奔乳母家。

见安国突然到访，乳母喜出望外，急忙将安国迎进屋。

"我还以为少爷已经不在人世了呢，想不到今天又见到你。老爷要是知道少爷回来了，又要发火了，快进屋藏起来吧。"乳母说道。

当天夜里，乳母偷偷去找安国的母亲。

"安国少爷回来了，现在在我家呢!"乳母悄声说道。

自从安国被送走后，安国的母亲没有一天不想他的。她想立刻去看他，又怕老爷知道。

"等老爷睡下后，你们再过来。"安国的母亲说道。

夜里，乳母把安国带到夫人面前。

"一别十年我们母子不得相见，我常望着天上远去的浮云，想着浮云会飘到你那里，带去我的思念！"母亲哽咽着说。

安国凝视着母亲，发现母亲脸上的皱纹变深、变多了。安国悲喜交加，母子抱头痛哭。

"儿子不孝，惹父亲不高兴，被赶到偏远之地，让母亲为我担忧。"安国跪下说道。

母亲急忙把儿子扶起，正想谈心时，窗外传来了脚步声。母亲听出是安世来了。

"安国呀，老爷要是知道你回来了，又要动怒了，还是别让你弟弟看见吧。"母亲担忧地说。

母亲让安国睡在自己床里边，用被子捂得严严实实的。安世进来给母亲请安，看见母亲床上多了一个人。

"床里边的是谁呀?"安世问道。

母亲知道瞒不过去,便把安世按坐在床边。

"小声点儿,你的哥哥回来了。"母亲低声告诉他。

"原来是安东的哥哥回来了。前不久父亲梦见哥哥,至今还头痛呢。如今哥哥回来了,父亲的头痛该好了吧。"安世挖苦道。

母亲急忙捂住安世的嘴,叫他别嚷。

"你父亲如果知道你哥哥偷偷地跑回来那就坏了。你可千万不要说出去啊。"母亲嘱咐安世道。

安世听了母亲的话,没敢张扬。

天快要亮了,流着泪的安国向母亲鞠躬行礼后,又回到了乳母家。

科举考试这天,安国从乳母家出来,就迷路了,十年没有回来,他已经辨不清方向,不知往哪儿走了。

正在犹豫不决时,看见一队人马熙熙攘攘地过来,一打听,才知道队伍的主人也是参加科举考试的,他们正前往考场。

"少爷，跟在他们后面就走到了。"乳母告诉他。

安国就跟在那队人马后面。原来前面走的不是别人，正是自己的亲弟弟安世。安世对不识字的哥哥跟在后面感到非常羞耻，有人问起时，他就说是山里来的客人。

考场应试的大都是官宦子弟。

考试题目发了下来，是关于国家大事的应变对策。

考生们个个忙忙碌碌地拿着笔墨纸砚抄题，一时忙得不亦乐乎。

安国空手走上前看了一眼考题，默念着回到了自己的座位，略微思考了一下，然后展开试纸，洋洋洒洒，一气呵成，提前交了试卷。

"谁说哥哥不识字？"安世见后觉得不可思议。

从考场出来，安国直奔乳母家去了。

几天后，考官贴出了榜单，状元是金安国。

考官是金肃的老朋友，他为老朋友的儿子高中状元感到

高兴，急急忙忙地骑马赶到大提学府道喜。

"新科状元快快出来接旨。"考官还未进门就大喊道。

金肃还以为是安世，兴奋地看了一遍榜单，但是，榜上第一名却是十年前被撵走的安国。

"那该死的东西不在安东老老实实待着，竟敢违抗我的命令，偷偷回来，还给我丢人现眼。这文章一定是他找人代写的，金肃家容不得这种东西！"金肃顿时发起火来。

金肃命令仆人赶快去把安国抓来。

安国不知道如何是好，跪在院里不敢抬头。金肃不问青红皂白，就命令仆人施以棍棒之刑。

"这就是新科状元吗?"考官问道。

"我正要打死他呢。"金肃答道。

"这是怎么回事儿呢?"考官很疑惑。

金肃就把整件事情的来龙去脉简单扼要地说了一遍。

"是不是别人代写的，当场试一下就知道了。"考官提议道。

"他到十四岁的时候连'天''地'的意思都弄不懂，十年之内居然能写出科举文章？这绝对不可能，没有必要试！"金肃鼻子"哼"了一声。

考官再三阻拦，跑下台阶拉住了金肃。

"我打自己的儿子与你何干？我一见他就头痛，现在头又痛起来了……"金肃痛得蒙起被子躺了下去。

金肃躺下后哼哼唧唧，嘟嘟囔囔，发泄着对安国的怨气和不满。

场面紧张得让人窒息，父亲金肃怒气满腹，儿子安国委曲求全。

"怎么才能让大提学大人消气呢？大提学大人是因为安国不会认字，才把他撵走的，这次生气是怀疑他找人代答卷子，这不仅是不识字的问题，而且涉及做人的品质，更有损大提学的声望。看来还得从源头解决问题。"考官暗想。

"你先起来，回答我的问话。这次科举考试试题你还记得不?"想到这里,考官严肃地问安国。

安国认真地将试题一字不落地背下来。躺在室内炕上的金肃听到安国的背诵,震惊了,简直不敢相信自己的耳朵。

"那你写的文章你还记得不?"考官接着问。

安国又将自己写的文章背诵了一遍。他的文章如雄鹰展翅苍穹,又如骏马迎风奔舞。金肃掀开被子,起身跑出

屋。

"我不是在做梦吧，你能写出这么好的文章？你十年来肯定是每夜都在灯下用功读书！我要祭祖，金家后继有人了。"金肃抓住安国的手激动地说。

安国听到父亲如此表扬自己，仿佛儿时的记忆又重回耳畔，激动地流下了热泪，慌忙跪下，把自己学习、读书、识字、写文章的经历向父亲一五一十地讲了一遍。

"快准备好轿子，去安东把我的好儿媳妇接回来。"金肃听完，高兴得拍掌大笑。

"今日若不是老友相劝，若不是老友及时点醒我，我的好儿子定要被打死了。那我可真成了金家的罪人。"金肃诚恳地向考官赔罪。

此时金清听到消息也跑来祝贺。

"好文章，好文章！这样的学识，这样的文章，是谁教你的？"金清问道。

"是我的妻子。"安国回答说。

"你我兄弟都认为'不能教'的安国被他的妻子教了出来，而且现在所写的诗词歌赋这样出色，看来不是安国愚钝无知，是我们这些大丈夫们用错了方法，找错了方向，没有找到开启安国这把金锁的钥匙，让他受了那么多的委屈，耽误了孩子这么多年。从安国的学习经历看，我们这些大丈夫反倒不如一名弱女子了。"金清看着金肃哈哈大笑起来。

大提学府去安东接安国妻子的轿子回来了，仆人通报后，全家人争先恐后地去门口迎接，都想一睹这个博学多才的奇女子的芳容。

轿子落下后，丫鬟掀开轿帘，淡妆打扮的李氏盈盈下拜，大提学夫人亲自迎上搀起。一家人欢天喜地进入府内。大提学府这天是杀猪宰羊、大摆酒席，庆祝安国喜得状元，庆祝家人团圆。

来到婆家后，李氏竭尽孝道侍奉公婆，从不居功夸耀自己。公婆待她也像亲生女儿一般，一家人相亲相爱。

安国在父亲的教诲下，文章和才华日益长进，人望日

高，官职一直升到了大提学。

国王的新装

很久很久以前，在一个遥远的国度，有一个国王。

这个国王最爱做的事情便是穿好看的新衣服，他的衣服都只穿一次便被置于角落，因为他又有更漂亮的新衣服要穿了。为了能有源源不断的新衣服，国王把所有可支配的钱和精力都投入到了制作新衣服的事情中。

国王供养了上万名制衣工，有的负责剪裁，有的负责设计款式，有的负责挑选面料，有的负责刺绣……尽管职责各不相同，但每个人的俸禄都比将军高！

更夸张的是，为了安置自己每天换下的衣服，并将最满意的衣服挂在摆台上用水晶罩罩好，国王竟然扩建了宫殿！扩建后的宫殿比之前足足大了好几倍，宫殿富丽堂皇，因此而花出去的钱也无可计量。

这一天，两个骗子来到宫殿，他们说自己能做绝美的新衣，要求见国王。而此时，国王正因为制衣工不能做出令自己满意的新衣而苦恼，便很高兴地接见了那两个骗子。

"听说你们能做出绝美的新衣，是这样吗？"国王问。

"尊敬的国王陛下，是这样的。"骗子汤姆回答。

骗子简接着说："尊敬的国王陛下，我们能织出这世间最美丽的布，这种布不仅色彩鲜艳图案精美，而且还有一种奇异的作用，那就是凡是不忠或不称职的臣子和愚蠢的人，都看不见这衣服。"

国王信以为真，于是便吩咐汤姆和简马上开工，并付了许多金子给他们。

第二天，汤姆和简在国王分给他们的做衣室里摆出两架织机来，装出一副卖力工作的样子，可是织机上却什么东西也没有。

接下来的几周里，汤姆和简接二连三地请求国王给他们最好的生丝和金子，说是织衣料用，可实际上他们却把这些东西通通装进自己的腰包。他们依旧假装在那两架空空的织机上夜以继日地"织布"。

时间一天天地过去了，国王给了汤姆和简他们所要求的生丝和金子，却不知道衣料织得怎么样，心中充满了好奇。

一天上午，国王和平时最爱奉承自己的大臣杰克说："你说，他们把我的绝美的衣料织成了什么样子呢？"

杰克投其所好地回答："您是尊敬的陛下，是这个国家最尊贵的主人呀，为您做事是他们的荣耀，他们一定会尽心尽力的！那衣料的颜色一定是灿若云霞，质地一定比天鹅绒还柔和百倍！"

国王很想亲眼看看自己日思夜想的衣料，但又想借机检测自己的臣子是否忠诚，是否称职，是否聪明，便对杰克说："杰克，你是我最贴心的臣子，现在就由你代替我去看看衣料吧。"

杰克以为自己得了个好差事，便满心欢喜地奔向了汤姆和简的做衣室。

当推开做衣室的门时，杰克惊呆了，两台织机上竟然空空如也！

杰克揉了揉眼睛，目不转睛地盯着织机，半晌，他终于确定了自己只看到了飞速运转的织机和卖力织布的汤姆和简，却无论如何也看不到本该出现在织机上的衣料。

杰克心想："这衣料果真神奇呀！但我一定不能让人知道我是靠奉承国王才得到现在的官位的！"杰克边想边心虚了起来，他决定自己要假装看到了衣料。

这时，汤姆向杰克打招呼："杰克大人您好！您是国王身边最得意的臣子了，今天怎么有空来我们这儿了？"

杰克回答："你们好！我奉命来看衣料。"

简说："果然是您最得国王的器重，您是第一个奉命来看衣料的人！您看看，这衣料美吗？"

杰克马上回答："哦，这衣料真的是美极了，我想国王一定会非常满意的！"说完便如释重负地回去了。

当天晚上，国王特意召杰克进宫殿和自己共进晚宴，询问他衣料的事。

"杰克，衣料是什么样的，很漂亮吗？"国王问。

"尊敬的陛下，衣料真是美极了！衣料的纹路、绣出的花样、染出的颜色，全是您最喜欢的！恐怕也只有这块衣料做成的衣裳才和您完美的外表、高贵的气质相得益彰！"杰克一脸真诚地回答。

听到杰克这么说，国王高兴极了，他不仅因为自己即将穿上世间最美的衣服，也因为他确信了天天围着自己转的杰克是既聪明又称职的忠臣，而自己也获得了一个检验臣子的捷径—去做衣室看衣料！真是一举三得！

几天后，国王又一次同意了汤姆和简申请生丝和金子的请求，同时他也萌生了再派臣子去看衣料的念头。恰巧这时，国务大臣山姆因军饷的事情来求见国王。

山姆是这个国度最年老的臣子，勤勤恳恳地为国王操劳一辈子，忧国忧民，德高望重，国王平日里很尊重他。

国王想，山姆忠心耿耿地为我服务，想必他一定能把衣料看得清清楚楚；如果他看不清楚衣料，那真的是'大奸似忠'啊！于是，国王对山姆说："军饷的事情暂且放在一边，请山姆现在代表我，去看看衣料吧！在我的心里，山姆可是最忠诚、最称职、最有才能的臣子，一定会把衣

料看得清清楚楚啊！"

虽然着急军饷的事情，但听见国王这样说，忠诚山姆还是接受了国王的旨意。

当到达了汤姆和简的做衣室时，山姆惊呆了！他简直不敢相信自己的眼睛："这是怎么了？我怎么可能会看不见衣料呢？难道是我愚蠢？"在山姆的眼中，汤姆和简在织机前忙碌着，但衣料却"隐身"了。

汤姆热情地向山姆打招呼："您好！是什么风把您吹来了？请您看看，这衣料如何？"说着便拉着山姆来到织机前。

山姆一脸尴尬，支支吾吾地不知道说什么才好，他心想："如果实话实说自己什么也没看见，那岂不是说明我愚蠢吗？国王会不会怀疑我不忠诚？而杰克说看见了衣料我却说没看见，国王会相信我还是杰克？"

站在一旁的简似乎猜到了山姆的心思，试探性地对他说："您是国务大臣，忧国忧民，累得眼花也是难免的。"

见山姆不做声，简又说道："您看，这衣料经过我们两个人的不断努力，已经比上一次杰克来看时更加精美了，我们都没想到自己竟会织出这么好的衣料！"

山姆最后妥协了，应和了几句便匆匆离开做衣室。

回到宫殿后，山姆被国王召进了议事厅。

国王没有再提军饷的事情，而是迫不及待地问山姆衣料如何美丽。

并没有看见衣料的山姆却对国王说："尊敬的陛下，经过这段时间的制作和加工，衣料简直精美极了，美得无法用语言来形容。相信不久的将来，您就能穿到世间最完美的新衣！"

国王开心得手舞足蹈，当山姆离开宫殿后，他才想起来还没有询问衣料的具体色彩、纹路和花样。国王本想等再见到山姆时，向他细细问衣料的情况，可是好长一段时间里，山姆都推脱有事不进宫殿，最后竟然请求告老还乡了。

国王只得派其他臣子去看衣料。

这一次，他命令国都的所有臣子都去看衣料，然后开国会讨论。一时间，做衣室成了参观室，热闹非凡。臣子们看到不停织布的汤姆和简以及飞速运转的织机时，先是一愣，几分钟后，不知道是谁带头说了句"看，多美的衣料啊"，大家便随声附和起来。

就在这时，汤姆和简宣布："衣料已经织好了，国王马上就能穿上新衣了！"

国会上，没有人提百姓的疾苦，没有人理会军饷的不足，也没有人思考明年的粮食是否会丰收……国王坐在高高的宝座上，听着一部分臣子高谈阔论地赞叹衣料的华美，默认那些不做声的臣子一定是被衣料的绝美震撼。他当即宣布要在新衣制成之日举行游行大典，并赏赐给汤姆和简许多金银。

国王命人新制了绝美衣料的事情在国都中不胫而走，百姓们也纷纷讨论和猜测起来。

有人说："用了这么多金钱、花了这么多时间织出的衣料，一定是非常美丽的！"

有人说："国王不顾念百姓，却为了织衣料而耗费这么多的时间和精力，真的是太不应该了！不过，织出的衣料一定是世间的极品！"

有人说："那么多臣子都看到过衣料，都称赞它的美丽，所以，国王的这件新衣还是很值得期待的！"

一时间，汤姆和简织出的神奇衣料以及即将制成的这件新衣成了百姓热议的话题。

新衣制成了！

这天一大早，汤姆和简前来禀报。国王喜出望外，急忙命仆从将新衣取来，他要马上穿上新衣。

仆从打开盒子，国王却看不见盒子里的新衣，心中一惊："难道我很愚蠢吗？难道我是不称职的国王吗？"紧张、恐惧的情绪涌上心头，国王汗如雨下。

汤姆和简满面笑容地问国王："尊敬的陛下，这衣服您还满意吗？"

国王心想："我该怎么说？说他们骗我？哦，那不行，那么多臣子都看见了衣料而只有我看不见，这不就是在说明我比所有人都愚蠢吗？如果王室以我不是称职的国王作为理由而取代我，那……"国王不敢再想下去，立刻乐呵呵地回答："嗯，这就是我最喜欢的新衣呀，来，我要将它穿上展示给世人。"说着，便带着汤姆、简和仆从向更衣室走去。

在更衣室里，汤姆和简装模作样地服侍国王换上新衣，并厚颜无耻地讨要更多的赏赐，而仆从们则紧张地站在一旁，不敢多说一句话。

国王把身上的衣服脱掉，汤姆和简假装把新衣一件一件地帮国王穿上。穿好后，又忙前忙后地整理新衣的带子和后裾。忙活了半天，汤姆和简请国王来到镜子前，国王看着自己赤裸的身体，觉得很是尴尬，但还是装作欣赏地在镜子面前转了转身子，扭了扭腰。

游行大典开始了。

国王装作很喜欢新衣的样子，还时不时地叫人来欣赏，而被国王叫到的臣子和仆从竟没有一个人敢说实话—事实上，谁都没有看见那件美丽的新衣！

"穿着新衣"的国王缓步走来，面带微笑，向百姓致意；后面跟着很多负责托着后裾的仆从，他们排着整齐的队伍，手中托着空气—他们不敢让人瞧出他们实在什么东西也没有看见，样子很是可笑极了。

站在街上和窗子里的人都说："皇上的新装真是漂亮！他上衣下面的后裾是多么美丽！衣服多么合身！"谁也不愿意让人知道自己看不见国王的新衣服，因为这样就会暴露自己不称职，或是太愚蠢。国王从没有哪件衣服获得过这样普遍的称赞。

"可是国王没有穿衣服呀！"人群中，一个小男孩最后叫出声来。

爸爸紧张极了，说道："上帝哟，你听这个天真的声

音!"于是百姓窃窃私语了起来。

一个百姓说:"有一个小男孩说国王并没有穿什么衣服呀!国王好像真的没有穿什么衣服!"

最后所有的老百姓都说:"国王确实没有穿衣服呀!"

国王开始发抖,他不知所措,因为他觉得百姓说的是实话,而自己赤身裸体站在光天化日之下,非常难堪。不过国王心里却这样想:"我必须把这游行大典举行完毕。"因此他摆出一副更骄傲的神气。